Jens Korbus

Ob's Unrecht ist, was ich empfinde

*Bibliografische Information der Deutschen Nationalbibliothek:
Die Deutsche Nationalbibliothek verzeichnet diese Publikation in der Deutschen Nationalbibliografie; detaillierte bibliografische Daten sind im Internet über http://dnb.dnb.de abrufbar.*

© 2017 Jens Korbus, 56072 Koblenz

Covergemälde: Hanns Lansch „Junge Inderin"

Cover und Layout: Manuela Wirtz, www.manuwirtz.de

Herstellung und Verlag: BoD – Books on Demand, Norderstedt

ISBN: 9783743177857

Jens Korbus

Ob's Unrecht ist, was ich empfinde

Die Geschichte der Charlotte von Stein

MARIA MAUCH

Wenn man vom Blockhaus-Restaurant über den Campingplatz vom Mauchsee-Ufer in der Eifel zurück zum Parkplatz am Kloster geht, sieht man das Klostergebäude wie ein Schlösschen in der Ferne des Nachmittagslichtes liegen. Erst verschwindet es noch hinter Wiesen, Bäumen, Knüppelzäunen und grasenden braun-weiß-gefleckten Kühen, dann sieht man weit hinten die Türme über die Baumgipfel ragen. Ich weiß nie so recht, welches der Nordturm ist. Spaziergänger gehen in langen Reihen Hand in Hand oder mit Rucksäcken diesen meditativen Weg, und wenn es nicht zu viele sind, ist es, zumindestens im Frühjahr oder Sommer, ein Erlebnis. Bald sieht man rechts das Seehotel – für seine Forellen berühmt – und auf den abgetrennten Arealen, wo die Kühe schon gegrast haben, wirkt das Gras dunkler. – Das Kloster ist fast tausend Jahre alt, und manchmal mache ich mir das Vergnügen, den Weg am See entlang zum Blockhaus-Restaurant und zurück in meiner Mönchskutte zu wandern. Nicht um dem Klosterleben zu entkommen, sondern um etwas von der Ruhe und Heiterkeit der Spaziergänger mitzunehmen. Denn sonst lebe ich nach der Benediktiner-Regel „ora et labora". Die Benediktiner-Abtei Maria Mauch wurde im Jahr 1093 gegründet. Sie blühte in der Salier-Zeit unter den Äbten Gilbert, Albert und Gregor auf. 1802 wurde sie von den Franzosen nach der Französischen Revolution aufgelöst, säkularisiert, wie man damals sagte. Napoleon wollte keine Klöster. Schon Danton und Robespierre waren der Adel und der geistliche Stand fremd gewesen. Das Inventar wurde von den französischen Kommissaren peinlich genau aufgelistet und enteignet. Die beweglichen Dinge wurden danach in meine Heimatstadt Koblenz, der Hauptstadt des Rhein-Mosel-Departements versteigert und brachten hohe Gewinne. Erst 1892 konnte der Prior Willibrod nach einer Audienz bei Wilhelm II. das Kloster wieder in Besitz nehmen. Insgesamt leiteten es einundvierzig Äbte. Wir haben eine große Gärtnerei, eine Buchhandlung, einen Kunst-Verlag, einen Bootsverleih, Fischfang, Obstbau, Biobauernhof sowie verschiedene Handwerkerbetriebe. Auch ein großes Hotel ist da, wenn man die Ruhe und Abgeschiedenheit am Maar genießen will. Das Klostergebäude wird von der Klausurmauer umschlossen. Aber ausbüchsen will keiner. Wohin auch, wozu auch? Alle Räume des Klosters sind um den Kreuzgang angeordnet. Die wichtigsten Gemeinschaftsräume liegen im Erdgeschoss. Auf der Südseite liegt das Refektorium, der Speisesaal. Bei den Lesungen während der Mahlzeit stehen meistens die Leiden der Märtyrer an. Ich gehe gerne in den Kreuzgarten hinter dem Klostergebäude, meditiere über die schönen romanischen Rundbögen. Gebet und Arbeit prägen meinen Tagesablauf. Die hohe, offene Bibliothek mit den haushohen Holzregalen und der gusseisernen Wendeltreppe stammt schon aus dem 19. Jahrhundert. Durch die Säkularisation gingen die meisten der alten Bände und Handschriften verloren. Die Bibliothek zählt heute circa zweihundertsechzigtausend

Bände. Hier sitze ich an meinem Schreibpult und forsche und arbeite. Ich stamme aus dem ärmsten Stadtteil von Koblenz, Koblenz-Lützel. Und nach dem Hauptschulabschluss sah meine sechsköpfige Familie keine andere Möglichkeit, als mich ins Kloster zu geben. Ich wollte es damals auch, denn etwas in meinem Inneren hatte mich schon immer zur Spiritualität hingezogen. Während meiner Forschungen über eine neue, strengere Auslegung des Neuen Testaments habe ich die Schriften Goethes im Regal gefunden und mich in sie vertieft. Ja, ich wurde geradezu fortgerissen. Goethe fing an, mich zu beschäftigen. Besonders seine Beziehung zu Charlotte von Stein. Meine Mutter hieß auch Charlotte, vielleicht kommt es daher. – Die Geschichte dieser Beziehung ist so abenteuerlich, dass sie mich, einen Mönch, der die Freuden der seelischen und körperlichen Liebe zu einer Frau nie erlebt hat, immer wieder aufzuwühlen begann. Und ich musste es versteckt tun. Mein Forschen darüber gilt hier als Sünde.

LIEBE

*I*ch versuche mir vorzustellen, wie Goethe und Frau von Stein, ich sage besser Charlotte, miteinander umgegangen sind. Goethe, mit nichts als dem Götz und dem Werther im Gepäck und im Nimbus, muss sich gleich nach seiner Ankunft in Weimar, am 7.11.1775 an Charlotte angeschlossen haben. Am 11.11.1775 begegnete er ihr zum ersten Mal in ihrem Wohnhaus in der Scherfgasse. Was bringt überhaupt mich, einen Klosterbruder, mich in eine weltliche, sündige, ehebrecherische Beziehung vor fast zweihundertfünfzig Jahren einzumischen? – Von dieser ungeklärten Liebesbeziehung ging ein solcher Magnetismus für mich aus, dass ich begann, auf eigene Faust nachzuforschen und meinen Klosterbrüdern gegenüber Schweigen zu bewahren. Ich kannte mit vierzehn in der neunten Klasse ein Mädchen, das Anastasia hieß. Aber bis auf ein paar flüchtige Gespräche auf dem Pausenhof sind wir uns nicht nähergekommen. Ob Goethe vor Charlotte von Stein die Freuden der körperlichen Liebe genossen hat, habe ich bei meinen Forschungen schwer herausgefunden. Ich denke, bei seinen früheren Freundinnen, Käthchen, Gretchen, Friedericke und Lilli hatten sie keine Rolle gespielt. Aber sicher mit Charlotte von Stein. Soweit bin ich inzwischen mit meinen Forschungen gediehen. Als er ihr im Dämmerlicht des späten Nachmittags in ihrem Haus zusammen mit dem Herzog gegenübertrat, muss es wie ein Körperschlag gewesen sein. Sie war sich auf den ersten Blick ganz sicher: Der würde noch ihr Alter verschönen, den würde sie lebenslang an sich binden, mit ihrem Geist, ihrem Esprit, ihrer Klarheit, ihrem Wissenshunger, ihrer Lebenskenntnis und wenn es sein musste, auch mit ihrem Körper. – Sie wusste nicht, wie sehr sie sich irren sollte.

Sie hatte doch einen schönen Mann. 1775 hatte ihn ein Künstler in Öl gemalt. So wie er aus dem Halbdunkel mit verschleiertem Blick auf die Betrachter schaute! – Stolz, auch etwas verbittert und zurückgenommen. Ein feines, ätherisches, fast vergeistigtes Gesicht mit müden Augen, starken Augenbrauen und weitzurückliegendem Haaransatz. Jemand, der sich seines alten Adels bewusst war, der aber sein Gegenüber auch einzuschätzen wusste. Ich kann mir vorstellen, dass er sich sogar ab und zu mit seiner Frau gestritten hat.

„Was hast du bloß? Was habe ich dir eigentlich getan? – Ich bin doch sowieso fast das ganze Jahr unterwegs!"

„Nichts, gar nicht!" Und dabei dachte sie: Er kann die Begriffe nicht richtig im Kopf zusammensetzen. Goethe kann es. Ich brauche einen Liebhaber. Knebel ist nur zur Freundschaft fähig. „Es bleibt alles beim Alten!" sagte sie. „Über alles andere können wir uns unterhalten, wenn du mit dem Herzog wieder zurück bist!" Es sieht alles so aus, als sei sie froh, dass sie mich los ist, wird er gedacht haben. Woher ich, ein Mönch, der nie einer Frau nahe gekommen ist, das alles wissen will? Ich vertraue einfach auf meine Empathie, und die benutze ich auch hier im Kloster gegenüber den anderen Brüdern, damit man mich in Ruhe lässt.

Der gesamte Adel in Weimar wollte die Beziehung zwischen Goethe und Frau von Stein. Jeder wartete zitternd darauf, dass es endlich funkte. Aber die ersten vier Tage vom 7. bis zum 11.11.75 wurde er erst einmal in die Weimarer Gesellschaft eingeführt. „Wie ein Schlittenfahrt geht mein Leben", schrieb er. Er wurde jedermanns Liebling, trug das gelb-blaue Werther-Kostüm und wurde von Charlottes Kindern angestaunt. Am Samstag, dem 2. Dezember 1775, spielte man schon gemeinsam Blinde Kuh. Da wurde gefummelt, begrabscht, geknutscht. Wer einen erkannt hatte, durfte ihn küssen. Goethe fing einmal auch Anna Amalia. Merkte gleich, dass sie ihn mochte. Dann Frau von Stein, die er an ihren Küssen wiedererkannte. Goethe sprach in der Gesellschaft von „Riesengeistern", die sich auch den ewigen geoffenbarten Wahrheiten nicht beugen würden. Das brüskierte manche in der pietistischen Gesellschaft. Am Samstag, dem 9. Dezember 1775, besuchte Goethe zum ersten Mal Charlotte von Stein auf ihrem Wasserschloss in Kochberg, wo sie ihn durch ihre Liebe so fest hielt.

Das Kloster stellt mir alle Forschungsliteratur zur Verfügung, und während man glaubt, ich lege das Neue Testament nach der Lehre des heiligen Augustinus aus, gehe ich den Verästelungen der merkwürdigen Beziehung zwischen Goethe und Frau von Stein nach. Ich habe alle Bände von Goethes Leben Tag für Tag, ich habe die ganze Weimarer Ausgabe nebst Briefen und Tagebüchern, ich habe die gesamte Forschungsliteratur aus dem Umfeld, und auch was sich an den Briefen der Charlotte von Stein erhalten hat, alles steht mir zur Verfügung. Nichts ist indiziert. Viele haben versucht, in diese rätselhafte Beziehung einzudringen. Goethe wusste, wie Jesus, dass das Rätsel anzieht. Der Herr vergebe mir meine lästerlichen Gedanken.

FREUDE, LEID

Am Freitag, dem 22. Dezember 1775, schreibt Goethe an den hannöverschen Leibarzt Zimmermann, der die erste Verbindung zwischen ihm und Charlotte hergestellt hatte: „Heut' den ganzen Tag auf dem Eis, nun an der Frau von Stein Schreibtisch und einen guten Abend. Sie kommt eben herein und hat eine große Sozietät Kinder, die heut' Komödie probiert haben und Streiche treiben. Ich bin anderswohin eingeladen und versprochen, werd' aber wohl dableiben." – Er mochte Kinder, und er mochte Mütter, besonders wenn sie so attraktiv waren wie Charlotte. Er ist viel mit dem Herzog, mit Kalb, Bertuch und Einsiedel unterwegs. Er korrespondiert mit Lavater über die Physiognomik. Auf einem Teich im Baumgarten, einer herzoglichen Besitzung, wird Schlittschuh gelaufen. Und am Ufer ein transportables Bretterhäuschen nebst einem Windofen installiert. Der gesamte Hof, Damen und Herren, fand Spaß und Freude am Schlittschuhlaufen, das Goethe eingeführt hatte, und vorher nur für die „unteren Stände" bekannt gewesen war. Goethe musste unterhaltend und gesellig sein, um an die Spitze dieser spießigen Hofgesellschaft zu kommen. Zu belustigen und zu amüsieren. War Stein auch dabei? – Er wird nirgendwo erwähnt! Charlotte hatte sich längst auf eigene Füße gestellt! Die Lebenszeugnisse bilden nur eine Seite der Medaille ab. Goethes Briefe an Charlotte von Stein geben ein anderes Bild, oder besser ein Neben- oder Hauptbild. Ich glaube, sie sah sich von Anfang als seine Muse an. An ein intensiveres Verhältnis, dass sie wünschte, zu glauben, daran hinderte sie ihre Nüchternheit und ihr Misstrauen gegenüber dem Hof. Seine Liebe bezeichnete sie in einem Billet als „Grille". Die Herzoginmutter Anna Amalia erhob auch Anspruch auf Goethe. Öfter hatte er Charlotte abzusagen, weil er aufs Schloss gebeten war. Charlotte musste wohl auch einen, wenn auch nur halbherzigen, Selbstmordversuch hinter sich haben. Sie wird auch Goethe davon erzählt haben.

„Sie haben viele Freunde, die sich schon darauf freuen, Ihnen zu helfen", sagte er, „alle mögen Sie hier gern."

Charlotte bewegte die Lippen, schloss die Augen und schwieg.

„Wir werden Sie schön pflegen. Sie sind doch sonst so vernünftig. Wollten Sie ins Wasser gehen?"

„Gift", sagte Charlotte.

„Wollen Sie es wieder versuchen?" Goethe betrachtete das stolze, in sich gekehrte Gesicht. „Erzählen Sie mir etwas über Stein. Er liebt sie über alles, wie ich."

Ihre dunklen Augen betrachteten ihn fortwährend.

„Er war ein Dummbeutel, mir nicht gewachsen. Reuter Künste, französisch, graziös das Menuett, Wagenpark und Marstall. Immer unterwegs. Dazwischen das Tier mit den zwei Rücken und die Schwangerschaften. Ängstliche Frömmigkeit. Für Sie, Goethe, bin ich vom Glauben abgefallen. Artigste Umfangsformen hatte er, aber die haben Sie auch."

Sie muss in ihrer ganzen Nüchternheit gemerkt haben, dass sie ihn nicht halten konnte, ohne ihm ihren Körper zu geben, den sie, nach sieben Geburten, als verstümmelt empfand. Aber das Fischbeinkorsett hielt ihn in Schwung. In allen Quellen wird ihre mädchenhafte, zierliche Figur gelobt. Und mit dem Liebesgetränk im Leib waren für Goethe alle Weiber Helenen. Aber er erreichte bei ihrem Zusammensein nur das Tier in ihr, das „Weibchen", wie Stolberg sagte, so wie Stein es erreicht hatte. Das Innere ihres Wesens, mit seiner ganzen Härte, blieb ihm verschlossen. Aber Stein liebte sie, auch wenn er weggebissen worden war. Es findet sich ein Brief von Stein, der ein bisschen nach Goethe klingt. Im September 1776, also zu Beginn der intensiven Beziehung mit Goethe, als sie nur ganz kurz in Kochberg ist, schreibt Stein: „Es ist ganz besonders, meine liebe Beste, wie ich dich liebe. Ich sehne mich so sehr nach dir, dass ich mir immer vorstelle: Wenn ich nach Kochberg ginge, wenn der Herzog nicht gestern Abend angekommen wäre und morgen Dürkheim erwartet würde, mit welchem ich nach Leipzig zu gehen gedenke, so wäre ich heute zu meinem Liebigen gekommen. Ach, gute Frau, es ist doch gar hübsch, dein Mann zu sein, wenn man von dir geliebt wird." – Da steht es also. Die Frau muss zwischen zwei Männern gestanden haben. Aber Bildung und Wissensbegierde standen für sie im Vordergrund. Stein war, als er diesen Brief schrieb, einundvierzig Jahre alt.

ENTWICKLUNG

Wenn es denn körperliche Liebe zwischen Goethe und Charlotte gab, war es dann Sünde? Am 6.3.1776 schrieb sie: „Je vous ai déjà confessé mes péchés." Das kann eigentlich nur ein Schritt vom Wege gewesen sein. Ein geistiger oder ein körperlicher. Der heilige Augustinus sagt: „Der sexuelle Höhepunkt ist die Spur des teuflischen Hochmuts, in dem sich die Kreatur von ihrem Ursprung abwendet, um sich selber an die erste Stelle zu rücken. Wäre der Mensch fähig geblieben, sich fortzupflanzen, ohne den sinnlichen Aufruhr zu genießen, wäre er dem Heil nähergeblieben!" Das ist auch meine Ansicht. Und auch mich zieht der Stachel der Wollust, der zwischen Goethe und Charlotte von Stein vorgewaltet haben muss, nicht an. Augustinus schreibt: „Die sinnliche Wollust, sofern sie die Wendung zum Vorrang des Ich vollzieht, verwirkt die Ewigkeit." Als wäre das eine tiefsinnig-heimtückische Konstruktion der ersten menschlichen Verfehlung und ihrer unvermeidlichen Weitergabe durch den Akt der Fortpflanzung. Ich habe allerdings auch Darwin gelesen, und die Kirche tut sich schwer mit ihm. Evolution, Veränderlichkeit der Lebewesen, Vererbung und die Überproduktion von Nachkommen rufen den Kampf ums Dasein hervor, der zu einer Auslese derjenigen führt, die wegen unzulänglicher Eigenschaften diesen Kampf nicht bestehen. Darwin hat seine Schlüsse durch Erfahrungsmaterial untermauert. Und die Kirche kommt mir zuweilen vor wie ein mittelalterlicher Mönch, der, um festzustellen, ob Öl in einer kalten Winternacht gefriert, in den Schriften des Aristoteles nachschlägt, statt das Öl auf die Straße zu stellen. Noch ein Scholastiker, der mir geholfen hat, bei Goethe und Charlotte klarer zu sehen. Wilhelm von Ockham, doctor invincibilis! Unter dem Begriff der Seele versteht er den Erkenntnisakt. Daraus folgt ein Prinzip, das auch als Occams razor, Ockhams Rasiermesser bekannt ist. Dieses Prinzip besagt, dass es überflüssig und ungerechtfertigt ist, einen größeren denkerischen Aufwand zu treiben, wo ein geringerer genügt. Generell soll mit dem geringsten Aufwand wirkungsvoll und erfolgreich argumentiert werden. Descartes hat daraus sein clare et distincte „klar und deutlich" gemacht und so halte ich es auch mit meinen Erkenntnissen über Goethe und Charlotte von Stein. Der geringere Aufwand beschränkt sich auf die Schlüsselszenen in ihrer Beziehung und der Vernachlässigung alles Überflüssigen, dem die Germanisten so eifrig nachgehen. Was mir an Lebenskenntnis abgeht, ersetze ich durch Einfühlung, was mein großes Plus ist. Ockhams Nominalismus zieht mich an, der besagt, dass es in der natürlichen Welt nur konkrete, einzelne und unterscheidbare Dinge gibt, weshalb das Allgemeine in Form universaler Begriffe nicht zur Wirklichkeit gehört. Das ist auch ein Argument gegen Gott, und ich werde mich hüten, meinem Abt davon zu erzählen. Ich kann dem Leser nur zeigen, wie modern Ockham ist. So schwülstig wie der Mediävist und Zeichentheoretiker will ich nicht schreiben. Der hat ja noch heute Angst vor dem Teufel!

Wie kann man der Beziehung näher kommen, ohne zu fantasieren? – Es ist jetzt Zeit, sich den vielen Briefen, Billets („Zettelgen") zu widmen, die fast täglich zwischen den beiden hin- und hergehen. Von diesen tausendachthundert Briefen haben sich schon viele ihr Süppchen gekocht. Wenn man etwas über die Beziehung herausbekommen will, allein durch Denken und Auslegung, hält man sich am besten an die Tagebücher! Steigers Goethe Tag für Tag verwirrt nur. Die Sekundärliteratur ist durch und durch angefault, vom Geist des 19. Jahrhunderts vergiftet. Auch die ganz neuen Sachen!

Sie hatte sich also einmal los von ihren Mann gemacht. Innerlich zurück konnte sie nicht mehr, und so blieben ihr nur die Hofgesellschaft mit ihrem Netzwerk und ihr Liebhaber Goethe. Sie hat ihn rückhaltlos bewundert, hat aber darüber ihr eigenes Leben nicht vergessen. Goethe saß jetzt in Weimar ziemlich fest im Sattel. Aber immer ihre offenen und versteckten Drohungen, ihr Zweifel! Ist es „Wissenschaft", was ich hier betreibe? Wissenschaft ist der Ausfluss menschlicher, meist kindischer Vorurteile. Die Sprache der Wissenschaft reicht mit ihren Wurzeln tief in die Normalsprache hinein. Auch in die nicht hinterfragbaren Grundüberzeugungen eines einzelnen Menschen. Erschüttert das die Grundfesten der Gesellschaft? – Jedenfalls nicht die der Mönchsgesellschaft. Bei einem „Argument" kommt es nur darauf an, dass man selbst davon überzeugt ist und es im Brustton der Überzeugung wiedergibt. Das kommt rüber, alles andere nicht! Organisches Leben ist gar kein Leben, sonst könnte es nicht zerstört werden. Weiter leben nur die platonischen Ideen oder das, was daraus geworden ist, auch meine eigene Religion. Ist das blasphemisch? Darf ein Mönch so etwas denken? Diese Gedanken sind mir ja auch vom Allerhöchsten eingegeben worden.

GEHEIMNISSE

Goethes Briefe sind ein dickes Konglomerat, angefüllt mit den wolkigsten Liebesbekenntnissen. Betäubung? Auch der Alltag der beiden vermischte sich. Stein, Charlottes Mann, wurde als gutmütiger Trottel außen vor gehalten. Charlotte war ein ereignisreiches sexuelles Liebesleben gewohnt. „Dass Komödienspielen eine reizende Sache ist, aber am Hof recht gefährlich! Ist Goethe verführerisch?" fragt ihre Freundin Isabell von Wartensleben. Aber Charlotte war viel zu sehr ins Hofleben eingebunden, zu sachlich, zu nüchtern und zu vorsichtig, um sich auf solche Fragen brieflich zu äußern. Das zeigen ihre Briefe vor der Bekanntschaft mit Goethe. „... je eher wählt man den ruhigen Weg", schreibt sie an Zimmermann. Ob das eine aufschlussreiche Projektion war? Übertrieben unwahrscheinlich ist sie nicht. Sie betätigte sich an allen galanten Vergnügen am Hof, die ziemlich weit gingen. Knutschen, Blinde Kuh! Sie zog sich so geschickt und modisch an, wie es auf den Scherenschnittsilhouetten zu sehen ist. Goethe musste immer wieder seine Besuche reduzieren, weil die Leute klatschten. Am Hof und in der Stadt. Beide wähnten sich selig, trauten aber ihrem Erdenglück nicht allzusehr. Offenbar konnte man das, was zwischen ihnen war, nicht hinschreiben! Goethe hat bis zuletzt die Leute an der Nase herumgeführt, indem er in den „Wahlverwandtschaften" einen geistigen Ehebruch fingierte. Aber dahinter stand auch ein körperlicher. Es ist jetzt Zeit, sich ein paar Briefen zu widmen. Der Schwall des Geschriebenen nimmt einem die Worte. Das kann nicht echt sein, das ist Empfindsamkeit! Dass sie an Zimmermann nicht mehr schrieb, zeigt, dass sie sich Goethe hingegeben hatte und einen neuen Herzensvertrauten hatte. Sie wollte nicht, dass die Nachwelt erfuhr, wie sehr sie Goethe geliebt hat und dass eine adelige Hofdame wegen ihm die Contenance verlor. Bekenntnispossen!? So pietistisch offen hatte sich ihm noch keine Frau gezeigt.

Im Tagebuch vom 13.01.77 steht: „Streit über Raffael." Wie könnte ein solcher Streit ausgesehen haben? Die Vorstellung der Hochrenaissance von menschlicher Würde und monumentaler Form hat nur Raffael als vollendete Klassizität gefeiert. Er war Bauleiter der Peterskirche, und seine Wandbilder entzücken heute noch. Wie konnte man sich über so einen streiten? Goethe betete Raffael an. Vielleicht war er sogar vor allem wegen ihm nach Rom gefahren. Sie hat bestimmt einen ihrer nüchternen, herzlosen Sätze herausgeschleudert, und das hatte ihn auf die Palme gebracht. Über einen Künstler so zu reden. Das hatte sie schon öfters gemacht, ganz Weimar wusste davon. Er kam in Rage. Er mochte die Race, die so etwas von sich gab, nicht. Raffael war ein Heiliger. Die Sängerin Corona Schröter hatte mit am Tisch gesessen, und das könnte Charlotte noch zusätzlich eifersüchtig gemacht haben. Sie „roch", was sich zwischen den beiden angesponnen hatte. Zwei Tage später heißt es im Tagebuch: „Neuer Streit", wieder beim Essen. Und wieder zwei Tage später „Versöhnung mit Charlotte".

Charlotte war die Sonne und für sie stand im Tagebuch ein Kreissymbol. Seine „Miseleien" ärgerten sie. Sie war verheiratet und konnte jederzeit abspringen. Die Beziehung zu ihrem Mann war rechtlich noch nicht beendet. Und körperliche Liebe hatte es zwischen ihr und Goethe auf jeden Fall gegeben. Sie las später Spallanzani, interessierte sich wissenschaftlich für Körpervorgänge, auch für die Besamungsversuche Spallanzanis an Hunden. Hat sie mit Goethe damals über Verhütung gesprochen? – Sie war ja im Grunde sehr nüchtern.

BILLETS

*I*hre Briefe werden wohl so ausgesehen haben:

Anfang 1776
Einen guten Morgen!
Mir ist nach der gestrigen Torheit wohlgeworden. Und ich habe gut geschlafen. Was ich des Nachts eine Torheit genannte habe, kömmt mir heute vor wie mein höchstes Glück! – Ich freue mich, dass Ihnen mein Leib gefällt. Das Fischbein verbirgt ja viel. Die Spargel haben geschmeckt. Es ist ja eine sehr symbolische Speise!

Anfang 1776
Guten Morgen, mein Bester.
Heb er mein Armband, das er in seinem Bett gefunden hat, nur gut auf. Es ist von Stein. Er weiß, dass Ihr mein Liebhaber seid. Aber wer mit dem Herzog herumkömmt, ist auch nicht zimperlich. Ich bin es auch nicht.

Anfang 1776

Sie wissen, dass bei meiner Zugehörigkeit zur Hofgesellschaft und meiner finanziellen Situation in der Ehe mit Stein eine Scheidung nicht in Frage kommt. Die haben schon andere in Quark geführt. Die Lotte in Wetzlar, die angeblich auf mich vorgespukt hat, hat es gerochen und ist festgeblieben. Sie lieben Dreiersituationen, das weiß ich. Heute abend war der Himmel so schön, die tiefblauen Wolkenfetzen vor dem lila Himmel so zerrissen, dass ich an Ihre Seele denken musste.

Anfang 1776
Mein Herz macht mir Vorwürfe. Eigentlich bin ich todt. Vor einem halben Jahr war ich noch bereit zu sterben. Nun bin ich's nicht mehr. Und das dank Ihnen, der Ihr über alles Herr werden wollt, was Ihr wollt. Was werden Sie wohl noch mehr aus mir machen? Ich bin jetzt darüber ins Deutsch schreiben gekommen wegen Ihnen, ich dank's.

Mitte 1776
Sie sind verblüfft, dass sich jemand sobald über Sie klar ist. Und wenn Sie jetzt noch in den Hofdienst treten … Schwer hält sich in politischen Verhältnisses das Innere ganz rein. Sie können über alles Herr werden, was Sie wollen. Aber ich möchte mich nicht so von Ihnen fortreißen lassen. – Die Suppe, die Sie mir durch Seidel haben schicken lassen, hat geschmeckt!

Mitte 1776
Ich weiß nicht, ob's unrecht ist, was ich empfinde … Können Empfindungen unrecht sein? – Existieren Sie nicht jenseits von allem kodifiziertem Recht. Oberster

Rechtsherr ist der Fürst, und der würde mich gewiss verstehen! – Eher soll der Himmel mein Gewissen vernichten, als dass es mich je anklagen könnte. – Ja, ich stelle mich für Sie gegen mein Gewissen, und es ist mein Pietismus, der mir das zu sagen erlaubt. – Haben Sie gut geschlafen? Ich jedenfalls habe ...

Mitte 1776
Die Schrötern ist schön. Aber Sie haben nicht genug Achtung vor unserem Geschlecht. Sie sind eigentlich das, was man kokett nennt. Eine Frau von meinem Stand ist wohl in der Lage, sich mit freiem Willen einen Freund und Liebhaber selbst auszusuchen. Seit ich den Werther gelesen habe, war ich an Sie gebunden. Ich bin's immer noch. Aber zu meiner Ehrlichkeit gehört auch mein Unglaube an Sie. – Ich weiß nicht, ob es Unrecht ist, was ich empfinde. Aber ich weiß, ich könnte es nicht empfinden, wenn keine Gegenempfindungen da wären.

Mitte 1776
Hier ein Zettelgen! – Sie sagen, dass Sie mich lieben, aber das hat Stein auch gesagt. Mein tiefer Unglaube, dass Sie, ein Sechsundzwanzigjähriger eine dreiunddreißigjährige Frau, die sieben Kinder geboren hat, dauerhaft lieben können, ist zu stark. Sie sind und bleiben mein Liebhaber. Wenn vielleicht auch nur für kurze Zeit! – Der Hof ist mächtig, und die Leute zerreißen sich schon das Maul.

Mitte 1776
Sie fehlen allen. Den Frieden lass' ich euch, meinen Frieden gebe ich euch. Nicht geb' ich euch, wie die Welt

gibt. Euer Herz erschrecke nicht und fürchte sich nicht. So steht es in Johannes vierzehn, Vers siebenundzwanzig. Das bin ganz ich. Und wenn Ihr es in Euch aufnehmen wollt, müsst Ihr noch ein wenig anders werden. Ich bin heute nicht mit ganz freiem Herzen aufgestanden.

WEIMAR

Alle Briefe sind unterzeichnet mit von Stein.

Ich, der Mönch, beschäftige mich auch mit Josias von Stein. Sie betrügt mich schon allein dadurch, dass sie zu sehr bei sich selbst ist, wird er gedacht haben. Ihretwegen war er gezwungen, zurückzustehen. Er hätte sich sogleich scheiden lassen sollen, um ihr dann Kochberg wegzunehmen. Man müsste ein Zauberer sein. Imhoff, der Mann von Charlottes Schwester, hatte von Leuten in Indien erzählt, die so etwas konnten, eine Beziehung auflösen. Als sie ihn, Stein, damals geheiratet hatte, wollte sie nur seine Person, seine Schönheit, sein Ansehen und das Wasserschloss. Schon damals hatte er gerochen, dass sie von der Ehe mehr profitieren würde als er. – Verreist! Wieder in Pyrmont, mit dem lächerlichen Zimmermann, der ihr die körperliche Liebe ausgetrieben hat! – Dafür gab es ja jetzt Goethe! Es wäre ein Geschenk des Himmels, wenn der plötzlich dafür büßen würde. Kochberg verkaufen? – Aber er bekam ja fast nichts mehr dafür. Briefe!? – Sie bekam ja jeden Tag mindestens zwei von dem Kavalier. Kavalier war das falsche Wort. So wie er, Stein, ritt keiner am Hof. – Brauchte er Beweise? – Aber er hatte ja genug. Die zwei Halunken, die er auf Goethes Spur geschickt hatte, hatten ihm ja alles hinterbracht! – Unentwegt grübelte er, suchte er eine Lösung. Manchmal hielt er mitten in der Inspektion eines herzoglichen Jagdreviers inne und konzentrierte sich auf dieses Paar. Ja, er sagte Paar zu den beiden, dessen ein Teil seine eigene Frau war. Goethe hatte eine Ebene gefunden, sie fest einzufangen. Seine Frau war schon immer hochfliegend gewesen. Irgend etwas hatte sie gleich zu Beginn ihrer Ehe vor ihm verborgen. Eigentlich kann ich dich gut leiden, hatte sie neulich zu ihm gesagt. So sprach er nicht einmal mit seinen Jagdhunden. Wie sollte er diese flüchtigen Worte deuten? Sie war gesund, und über zu viel schwarze Galle verfügte er. Daher kam seine Niedergedrücktheit. – Und wenn er an einen anderen Hof ginge? In ein anderes Fürstentum? – Da gab ihm keiner etwas! –

Bin ich, der Mönch, ehrlich mit Josias und Charlotte von Stein? Soll ich, ein Benediktiner, hier den Alkovenspäher machen? – Ich verstehe doch nichts von diesen Dingen. Ich hatte nur als Fünfzehnjähriger meine fünfzehnjährige Freundin Anastasia. Aber zu Berührungen ist es nie gekommen. Außer einmal einem Kuss auf die Stirn! – Stein! – Kein Mensch hatte ihn gezwungen, sie zu heiraten. Aber sie selbst vielleicht mit ihrem starken Willen. Vielleicht wollte sie sich damals ja auch nur einen anderen Fant vom Leibe halten. Wirklich wissen tat er ja nichts. Vielleicht hatte er sich damals, vor zehn Jahren, auch einfach in sie verliebt, so wie es die Leute in Richardsons Romanen taten? – Ob er das durchhalten würde? Er wollte dieses Leben nicht mehr führen! – Gift? – Ein Unfall? – Aber er war ja selbst gerade vom Pferd gefallen! Wenn das herauskam, war er hinüber! Zeit für die Hoftafel. Er stand auf und sattelte sein Pferd.

Um sich klarzumachen, wie es damals in Weimar für Leute aussah, die nicht zur Adels- oder Belletristengesellschaft gehörten, muss man nur den Brief von Goethes Diener und Vertrautem Philipp Seidel an einen Freund lesen: „Es ist ein müßiges, steifes, üppiges Volk, das einem oft unleidlich wird. Ihr ganzes Verdienst, dass sie Bücher lesen und dadurch noch unerträglicher werden. Ich soll dir was über'n Hof sagen? Viel kann ich nicht, weil ich nicht viel dran zu tun habe und mich das alles eigentlich nicht interessiert." Die Adelsgesellschaft amüsierte sich anders. Und das alltägliche Herumschlafen war universell. Der Fürst machte es vor. Die Brüder Stolberg schrieben von Weimar nach Hause: „Wir blieben bei Tische sitzen, und die Damen gingen um uns herum und schenkten Champagner ein. Nach Tische wurde Blinde Kuh gespielt, da küsste mich die Oberstallmeisterin, die neben der Herzogin stand. Wo lässt sich das an sonst einem Hofe tun?" – Die Stein hat also eifrig mitgeküsst, und junge Männer ließ sie sich wohl nur ungern entgehen! In einem anderen Brief schreibt Stolberg: „Eine Frau von Stein, Oberstallmeisterin, ist ein allerliebstes, schönes Weibchen." Das Wort „Weibchen" fällt mir auf! – Entweder Goethe hat gelogen oder er hat selbst geglaubt, was er in seinen Briefen geschrieben hat. Beides ist zwielichtig. Eine tote Beziehung so weiterzuführen und auszunutzen. Wie Goethe über sie dachte, hat er im dritten Akt, drittem Aufzug seines „Tasso" niedergelegt. Er legt die Worte seiner Symbolfigur selbst in den Mund, als wüsste Charlotte im Grunde schon genau über ihr beider Verhältnis Bescheid:

„Bist du nicht reich genug? Was fehlt dir noch?
Gemahl und Sohn und Güter, Rang und Schönheit,
Du hast das alles, und du willst noch ihn
Zu diesem allem haben? Liebst du ihn?
Was ist es sonst, warum du ihn nicht mehr
Entbehren magst? Du darfst es dir gestehen."

Zweifellos ist alles, was ich hier erlebe, höchst einfach, dachte Goethe und könnte mit einem einfachen Wort bezeichnet werden. Mir bleiben also zwei Möglichkeiten. Entweder ich lasse der Sache mit Charlotte ihren Lauf, oder ich verschwinde. Jetzt gibt es wieder zwei Möglichkeiten. Entweder sie liebt mich oder sie liebt mich nicht. Will sie mich aber nur bändigen, so lasse ich mich auf Dinge ein, die meine innere Balance aus dem Gleichgewicht bringen. Folglich muss ich nach Frankfurt zurück. Das Finanzielle ist kein Problem. Mein Vater ist reich. Ich werde wieder Rechtsanwalt.

VERBORGENES

Goethe legte den Gänsekiel hin und hing seinen Gedanken nach. Alles ist eine prinzipielle Frage. Ich habe geschworen, mich nicht zu binden, und jetzt soll alles umsonst sein? – Ich will die Pyramide meines Daseins möglichst hoch in die Luft spitzen. Dazu brauche ich dieses Herzogtum. Und Charlotte ist der geheime Schlüssel dazu. Er klappte sein Tagebuch zu und nannte sich einen Verrückten, einen Geistesgestörten. Er rief Seidel, um die Sache mit ihm durchzusprechen. Der war so phantasielos, dass man immer wieder auf den Boden kam. Dann beschloss er zu verreisen. Er würde Plessing aufsuchen, einen jungen Mann, der seine Hilfe gesucht hatte. Er würde unter falschem Namen ankommen und Plessing über Goethe ausfragen. Er schrieb Charlotte einen Zettel, dass er auf unbestimmte Zeit wegbleibe. Wohin er reise und wie lange, schrieb er nicht. Dann schrieb er noch einen Brief an Merck: „In Frau von Steins Leben gibt es nicht einen dunklen Punkt. Der einzige bin ich. Wahrscheinlich verbietet ihr Stolz, mit irgend jemandem darüber zu sprechen!" – Er fand den Brief etwas zu kalt. Bei Merck war das nicht angebracht. Er schrieb: „Ich bin scheißig gestandet!" Dann fuhr er sich mit der Hand über die Augen und sagte: „So kann das nicht weitergehen! – Mich so zu engagieren. Eine Frau, von der ich nichts weiß …" Er erinnerte sich an ihre Gespräche. Es waren gute Gespräche gewesen, aber gerade wegen ihrer gebildeten Art zu sprechen, wurde sie vom Weimarer Adel verspottet. Hatte sie vor ihm überhaupt einen Liebhaber gehabt? – Woher stammte ihre Bitterkeit? Er versiegelte den Brief und gab ihn Seidel. Dann schrieb er in sein Tagebuch: „Aus Charlotte ist nicht klug zu werden. Ich weiß, dass sie mich liebt, aber sie hält mich von sich fern. Ist es nur der Klatsch, oder liegt es noch an Stein? Sieben Kinder sind für eine Bindung auch nichts Kleines! – Sie hat eine gute Nase für Menschen und weiß mit ihnen umzugehen. Ich habe das Gefühl, sie bereut ihre letzten offenen Briefchen. Der Pietismus hat sie genauso geprägt, wie er mich geprägt hat. Schwer zu sagen, wie stark. Ich weiß aber, dass sie in der Lage ist, sich zu verstellen, aber nicht instinktiv. Und ihr ganzes Verhalten beweist, dass das der Fall ist. Sie hält mich vielleicht für ein Kraftgenie. Aber wenn sie von mir weg ist, könnten ihre Gefühle für mich in Abneigung umschlagen! Dann wäre ich verloren."

Er schwankte noch den ganzen Tag, ob er zu Plessing reisen sollte oder nicht. Dann sattelte er sein Pferd, sagte seinem Diener Seidel Bescheid und ritt los. Der Aufenthalt bei Plessing war seltsam. Er glaubte sich in dem jungen Mann selbst abgebildet zu sehen. Goethe gab seine Identität nicht preis, fragte nach Goethe und machte sich ein Bild von dem unwissenden, neugierigen jungen Mann. Warum er diese Reise überhaupt gemacht hat, weiß heute keiner mehr. Das Gedicht darüber „Harzreise im Winter" sagt auch nicht viel. Vielleicht wollte er einfach jemandem begegnen, der noch unter ihm stand und wollte sich in der fremden Person bespiegeln. Danach hatte er das lebhafte Gefühl, eine Dummheit begangen zu haben. Auch damit, dieser verantwortungslosen, launischen Frau nachzulaufen! „Viel Erfolg", murmelt er sich zu, als er ins Bett stieg. Steckt in mir eine Art zweites Ich, das Scheitern möchte? – Nein, ganz gewiss nicht! Ich habe Leipzig überstanden, Straßburg und die Lotte Buff in Wetzlar. Nein, dazu kenne ich mich zu gut. Ich darf dieser Frau keine neuen Schwierigkeiten machen. Stein lässt mir nachsteigen. Seidel hat ganz recht, wenn er sagt, dass sie va banque spiele. Sie spielt die große Dame, die sich einen kleinen Literaten heranzieht und hoffähig macht. Er hatte ja nichts geschenkt bekommen. Er gab seinen Geist, seine Bürgerlichkeit an den verlotterten Staat und zuweilen auch seinen Körper. Sie sollte sich nicht als Prinzessin aufspielen. Jedenfalls ein Blaustrumpf war sie nicht. Vielleicht hatte sie schon immer dieses Doppelleben geführt. Ihre Freude am Lernen, das zurückgezogene Leben in Kochberg, diese neugierige Haltung … Im Grund wusste niemand, was sie fühlte und dachte. Immer freundlich, manchmal zänkisch, immer ein Kompliment auf den Lippen oder ein Zitat. Sie hatte ihr Innerstes geschickt und planmäßig abgeschirmt. Und wenn sie schon andere Leute hinters Licht geführt hatte, was sprach dagegen, dass sie es nicht auch mit ihm tat? Er musste ihr zuvorkommen. Aber das hatte noch Zeit! Suchte er nach Gründen, sie zu beschuldigen oder anzugreifen? – Einen anderen Grund als die Liebe würde sie nicht akzeptieren. Wer wusste, was sie in Pyrmont mit Stein trieb. Aber Kinder waren bisher vollkommen ausgeblieben. Hatte er sie überhaupt jemals richtig verstanden? War sie für ihn eine Phantasiefigur, eine Projektionsfläche wie bei der laterna magica? Ja gar ein Phantom? – Nein, denn sie war so nüchtern. Seine eigene überhitzte Phantasie spielte ihm Streiche. Er wurde immer misstrauischer. Aber irgendetwas sagte ihm, dass er es nicht zu sein brauchte.

Charlotte hatte ihm erzählt, dass es für sie wohl besser gewesen wäre, nie zu heiraten. Aber in ein Kloster, wie seine Schwester Cornelia, hätte sie auch nicht gepasst. Stein war ja den größten Teil des Jahres abwesend, dazu die Verpflichtungen durch den Hof. Und so lebte sie die meiste Zeit mit dem Hof und ihrem Hausgesinde. Man gibt nicht gern zu, einen Mann zu haben, der dem Hausstand nicht richtig vorsteht. Aber vielleicht war ihr das recht. Ob sie die sexuelle Lust genossen hat? – Bestimmt! Jetzt verschanzte sie sich in einer Rolle, die jede Annäherung ausschloss. Bis auf die Pfänderspiele am Hof. Die war sie ja von Kind auf gewohnt. Vielleicht hatte sie sich mit dieser Zwischenebene abgefunden. Bei Hof wurde man auch herumgereicht und musste allen mit dem gleichen Selbstverständnis begegnen. Aber sie muss zeitweise sehr einsam gewesen sein. Bis er kam. Goethe! Sie hatten ja zusammen für Wielands neues Kind Gevatter gestanden. Das wievielte war es eigentlich, bei der Riesenschar? Das Gevatterstehen hatte sie beide aber in den Augen der Gesellschaft zu einem Paar gemacht. Sie mussten auf der Hut sein. Hatte er sich in seinen Gefühlen getäuscht? Hatte er geglaubt, sie würde ihn zu ihrem offiziellen Liebhaber machen? Aber da gab es doch andere, die Anspruch auf ihn erhoben, zum Beispiel Anna Amalia, die Herzoginmutter. Wenn man ihn vom Hof verwies wie Lenz, wäre es eine unerträgliche Demütigung! – Alle seine Entscheidungen, alle Maßnahmen wären umsonst gewesen. Umsonst! – Aber sie ermutigte ihn, obwohl sie am Anfang von seiner Rolle in Weimar nicht überzeugt war. Er war interessant für sie. Was durch seine Vorstellung gegangen war, faszinierte sie. Obwohl er zuweilen immer noch kokett war. Aus der Sache mit der Schröter, der Sängerin, die er an den Hof geholt hatte, hatte er sich gerade noch herausziehen können. – Selbstquälerisch versuchte er, seine Gefühle zu ergründen. Aber nach jedem Gedanken, den er wieder ablegte, kam ein neuer. Vielleicht trieb sie ein verstecktes Spiel mit ihm? Sie hatte schwache Nerven. So hatte es Zimmermann beschrieben. Und ob man ihre halben Geständnisse ernst nehmen konnte? Stein war krank, das merkte man ihm an. Aber er arbeitete noch viel für den Hof. Es wäre dumm, Stein eine Ingredienz zu geben. Da fiel der Verdacht zuerst auf sie beide. Ich liebe sie, und alles andere ist mir egal. Wenn sie mich auch liebt, soll sie sich scheiden lassen. Seine Vergangenheit kann man hinter sich lassen. Und um ihre Kinder konnte er sich auch kümmern. Der Herzog, an den er fest geheftet war, würde sie bestimmt nicht im Stich lassen. Ich werde ihr erstmal ein hübsches Geschenk machen, dachte er, vielleicht einen Schreibtisch! – Am besten sollte man die ganze Vergangenheit vergessen. – Weimar war schön. Von seinem Gartenhaus hatte er einen weiten Blick über das ganze Ilmtal, den Fluss, aus dem jetzt schon langsam die Abendnebel aufstiegen. Vom Westen hörte man Donner, und dicke Regentropfen schlugen auf das Dach des kleinen Gartenhauses.

BEISAMMEN

Sie hatten zusammen zu Abend gegessen, so eilig, als hätten sie eine Reise vor sich. Ob sie sich überhaupt noch etwas zu sagen hatten? Wenn Knebel nur dagewesen wäre, um ihnen Gesellschaft zu leisten, hätten sie sich besser gefühlt. Er hatte Knebel ein Zettelchen geschickt, aber der schien nicht da zu sein. Sie redeten immer noch nicht viel. Es kam ihm vor, als hätte Charlotte beschlossen zu schweigen. Er warf sich vor, ihrem rätselhaften Wesen, das ihn so anzog, nicht zu viel Beachtung zu schenken. Vielleicht würde sich ihr Wesen auflösen, wenn er sie als eine Ehefrau sah, die nach zehn Jahren und einem Mann, den sie nicht mochte, einen jungen, wissensstarken Verehrer gefunden hatte … Sie hatten ja noch Zeit. Vor zwölf Uhr würde er nicht nach Hause gehen. Diesmal etwas vorsichtiger, damit ihn Steins Vagabunden nicht wieder anfielen! – Dass sie nicht aß, machte ihr Schweigen noch unbegreiflicher. Er suchte nach einer Chance, mit ihr ins Gespräch zu kommen. Es war eine Herausforderung. Es reizte ihn, diese Herausforderung anzunehmen. Was war mit Stein in Pyrmont gewesen? Aber er traute sich nicht zu fragen. Er stellte sich die beiden im Pyrmonter Schlafzimmer vor!

Woran erkannte man eigentlich, dass man jemand liebte? Sie erinnerte ihn an Mignon und seine Schwester Cornelia. Die war auch ein Weib-Mann gewesen, sensibel, gebildet und für neues, besseres Wissen immer zugänglich. Charlotte beanspruchte ihn genauso intensiv wie seine Schwester. So intensiv, dass er sich nur mit seinen vielen Briefen gegen sie wehren konnte. War er der gefallene Engel, oder war sie es? „Jedenfalls hatten die gefallenen Engel mehr Verstand wie die übrigen." Das bezog sich in ihrem Brief eindeutig auf sie. Sie war gefallen. War ihm zugefallen! – In letzter Zeit hatte sie beim Gehen ihren Hintern erstaunlich bewegt. Ob sie wieder mit ihm schlafen wollte? Aber er musste dabei vorsichtig sein. Wie sie zum ersten Mal in seinem Gartenhaus war! Sie sah sich im Raum um, taumelte und witterte die Atmosphäre. War das etwas für sie? Etwas Dauerndes? Konnte man dem jungen Fant, der so früh berühmt geworden war, trauen? – Sie verließ sich auf ihre gute Beobachtungsgabe und ihren Instinkt! Eine Zeitlang könnte es halten. Aber sie würde alle Kraft brauchen, damit er nicht davonflöge.

Plötzlich durchfuhr ihn ein blitzartiger Verdacht. Und wenn sie es trotzdem mit Stein triebe? So wie mit ihm. Ganz vorsichtig! – Er nahm ein Glas Portwein und wartete darauf, dass sie anfing zu essen.

„Ein Genie zu lieben, ist nicht leicht", sagte sie, „mit dem ganzen Schlangenkram, der da dranhängt!"

„Ich fühle mich als dein Ehemann", sagte Goethe.

„Einen Ehemann habe ich schon und will keinen zweiten. – Ein Liebhaber reicht mir schon vollkommen aus, besonders wenn es ein so unzuverlässiger ist."

„Du bist mein Gold", sagte er, „so wertvoll und so kostbar!"

„Ich bin eine Frau, aber von Adel. Sie sind als Belletrist dem Adel gleich."

„Ich bin aber ein ehemännlicher Liebhaber! – Wenn auch Belletrist! Aber zum Schreiben bin ich lange nicht gekommen. Weimar nimmt mir die Luft!"

„Ich bin die Luft", sagte sie, „mit den Mitteln, die mir zur Verfügung stehen!"

„Abrakadabra", sagte er.

Jetzt fingen sie beide an zu essen.

Sie gingen ins Bett und vorher streifte er ihr wieder ihr Armband ab. Sie waren beide sehr vorsichtig.

„Manchmal glaube ich, dass die Frau, die ich liebe und mit der ich zusammen bin, gar nicht Charlotte von Stein ist", sagte er.

Charlotte versank in einer Art Trance!

„Bist du wirklich hier?" fragte er.

Sie betrog Stein nicht! – Stein war debil, mit seinen Pferden und Kutschen und der Bullenzucht. Seine Art der Landwirtschaft in Kochberg hatte auch nichts eingebracht. Sie und Goethe wohnten ja nach ihrem Umzug nicht mehr sehr weit voneinander entfernt. Von ihren Fenstern konnten sie sich Lichtzeichen geben. Goethe zog seine Kleider an und setzte sich wieder an den kleinen, noch nicht abgeräumten Tisch. Er nahm ein Stück Gänseleberpastete und spülte es mit einem Schluck Selzerwasser hinunter. Charlotte setzte sich im Negligé dazu.

„Es erfrischt doch Körper und Geist", sagte Goethe.

„Meinen ebenfalls", sagte Charlotte, „obwohl ich daran gewöhnt war!"

GLAUBEN, LEBEN

*H*eute, am Sonntag, habe ich mich noch einmal unter die Touristen gemischt, die im Frühjahr und Sommer das Kloster belagern. Ich ging kurz zum See, dann durch die Unterführung in die Klosterkirche. Rechts am Klosterrestaurant vorbei, Selbstbedienung, dann der große Buchladen und links die Gärtnerei. Vor dem Buchladen bleibe ich stehen. Es ist eine große, gläserne Rotunde, durch die man bis in den letzten Winkel des Ladens hineinsehen kann. Es ist eine angenehme helle Atmosphäre, wenn man am späten Nachmittag in das erleuchtete Innere blickt. Vor der Kasse, an der eine hübsche Chinesin, Margret Chang, bedient, stauen sich die Menschen in einer langen Schlange. Denn von dem meditativen Buchangebot will jeder etwas mitnehmen. – Die Architektur der Buchhandlung ist außergewöhnlich. Eine so große, runde, gläserne Buchhandlung gibt es in ganz Deutschland nicht. Vor der Gärtnerei ein Mann mit Schiebermütze und blauem Hemd, eine ältere Frau, den Freizeitpulli locker über den Rücken gehängt. Ein Junge in kurzen Hosen lief mit einem Karton voller Pflanzen hinter einer rothaarigen Frau her. Über dem Eingang der Gärtnerei wucherte Efeu. Dann waren auch schon die drei großen Fronttürme der Kirche im Blick. Ich ging die Stufen hinunter ins Paradies. Der Kreuzgang mit der Löwenkopfrotunde in der Mitte zwischen den Säulen. Die Löwen schienen mir ärgerlich, ja sogar wütend zu sein. Sie spien aus ihren steinernen Mündern das Brunnenwasser in das kleine runde Becken unter ihnen.

Als ich ins Kloster zurückkam, wurde ich zum Abt gerufen. Keine große Sache. – Dass man auf meine Goethespuren gekommen war, ahnte ich nicht. Mir kam in den Kopf, dass der Springbrunnen über den Löwenköpfen wohl abgeschaltet worden war.

„Ich habe dich rufen lassen, Bruder Dietmar", sagte er, „weil mir zu Ohren gekommen ist, dass du dich mit sündigen Dingen beschäftigst."

Ich dachte an Bruder Gustav, der schon öfter in meiner Zelle geschnüffelt hatte. Ein Kloster ist eben klein. Auch wenn es manchen zu groß erscheint.

„Was treibt dich dazu, Dietmar, ausgerechnet Goethe nachzuspüren, der nie verleugnet hat, dass das Heidentum ihn anzog?"

Ich dachte daran, dem Abt von meiner Mutter Charlotte und meiner damals fünfzehnjährigen Freundin Anastasia zu erzählen, bevor ich ins Kloster kam.

„Unsere Bibliothek ist reich ausgestattet. Aber du solltest Gott suchen!"

Ich dachte an das junge Mädchen, das eben in der Kerzenkapelle mit tiefer Inbrunst mindestens zwanzig Teelichter für die Verstorbenen angezündet hatte. Aber ich sagte nichts. Ich bin nicht vom Glauben abgefallen, aber an Satan glaube ich auch nicht. Gott in seiner Güte hatte es nicht zugelassen. Das Kloster bietet mir, einem Lebensunfähigen, Schutz, Sicherheit, Erfüllung und Nahrung. Wenn ich nicht in der Bibliothek bin, arbeite ich wochentags in der Ökonomie, manchmal auch in der Küche. Das lenkt ab von der anstrengenden Goethe-Recherche und dem Studium der Schriften des heiligen Augustinus. Über zweihundert Personen muss die Klosterküche täglich versorgen. Das ist nicht wenig. Und es macht mir Spaß, für das leibliche Wohl meiner Mitbrüder zu sorgen.

„Es ist keine Sünde, die du begehst, Bruder Dietmar", fuhr der Abt fort, „aber es ist eine gefährliche Nähe zur Fleischeslust, wofür du eigentlich zu alt bist. Was treibt dich zu diesem bizarren Kreuzzug, diesen Nachforschungen über Goethe und Charlotte von Stein? Ist es etwas aus deiner Jugend?"

Da fing ich an, dem Abt von mir zu erzählen. Vom Klassenlehrer Rolinger, der mich wegen eines sündigen Traktats hatte von der Schule weisen wollen. Von Bach, der mit dem großen Tafellineal zuschlug. Von den Fünfziger Jahren, in denen ein einziges Schuljahr schon einen Menschen verstümmeln konnte. Von meiner Mutter Charlotte. Und wie ich erst im Kloster etwas Frieden und Achtung gefunden habe. Wie mir Goethe schon immer als ein großes Vorbild erschienen sei, wie er von den Gelehrten des 19. Jahrhundert beschnitten und verstümmelt worden sei und wie ich keinen Größeren kenne, außer Jesus und den Heiligen.

Der Abt sagte: „Du brauchst keine Teufelsaustreibung, sondern mehr Gespräch, Bruder Dietmar, in meinem Kloster ist es zu eng für deinen Geist. Forsche weiter und teile

mir immer wieder mal mit, was du herausgefunden hast!
– Ego te absolvo!"

Das Gespräch, es war ja bislang fast ein Monolog des Abtes, spielte sich in der Abtsstube ab. Meine eigene Zelle ist nicht minder karg eingerichtet. Vor dem Fenster, durch das die Spätsommersonne hineinblinzelt, ein einfacher, quergestellter Schreibtisch. Dahinter, in den Raum hinein, mein Bett, ganz einfach. Zwei Stühle, einer vor dem Bett, einer vor dem Schreibtisch, ein kleines Bücherregal und ein Schrank sind das ganze Mobiliar. Der Boden: einfache, quadratische Holzplatten. Eine Schreibtischlampe und zwei, drei Bücher auf dem Schreibtisch. Meine Goethe-Bücher verstecke ich im Schrank. Ich musste an den Vers aus Goethes Gedicht „Das Tagebuch" denken:

„Vor deinem Kreuz, blutrünst'ger Christe,
Verzeih mir's Gott, es regte sich der Iste."

Wie konnte man so etwas schreiben? Das war doch bewusste Blasphemie? So etwas durfte gar nicht in meinen Kopf gelangen. Goethe hatte eine strenge protestantische Erziehung gehabt und war durch diese zum Pietismus gekommen. Selbsterforschung. Aber er hatte in sein Inneres geblickt und dort nichts gefunden, was er nicht schon kannte. So hatte es ihn zu den Römern gezogen, den Heiden, die unseren Herrgott noch nicht kannten! Er musste Charlotte jahrelang ungeheuerlich belogen haben, bis er sich nach zehn Jahren plötzlich, aber geplant, von ihr verabschiedete. Danach hörte er nicht auf, ihr seine Liebe zu beteuern. Alles dafür, dass er diese adlige Frau, die jeder bei Hof anstarrte, herumbekam. Die Beziehung eierte zwischen ein paar intensiven Phasen jahrelang herum. Goethe war in Potsdam, in Erfurt, in der Schweiz, sie in Pyrmont oder Wiesbaden. Der Adel spielte mit dem Einverständnis von allen das Bäumchen-wechsel-dich-Spiel. Es war aber von ihrer Seite genausoviel Kalkül wie von der seinigen. Sie wäre ohne Goethe von der Bildung noch mehr abgeschnitten gewesen. Wie ich darauf komme? Der Mensch hat zuweilen schlimme Gedanken. Und diese Gedanken werden als Psychologie verkauft! Aber selbst ohne Psychologie, nur mit etwas Lebens-, statt Klosterkenntnis, kann man sagen, solche Beziehungen wie zwischen Goethe und Charlotte von Stein sind meistens nur temporärer Natur! – Goethe muss sich, zumindest die ersten Jahre, mit einer ménage à trois zufriedengegeben haben. Man höre und verstehe diesen Satz und lese noch einmal den oben erwähnten Brief von Josias von Stein an Charlotte. Das war Goethe. Ein blöder Psychoanalytiker würde sagen, es war eine sadomasochistische Beziehung! Darüber kann ich nur lachen! Als verstünden wir Mönche nichts davon!

KLOSTERALLTAG

Wo Menschen sind, gibt es Konflikte!

Das ist in einem Kloster nicht viel anders. Man könnte beim Sechsuhrgebet „Zum Engel des Herrn" glauben, man habe eine Schar uniformierter Gestalten vor sich. Aber jeder dieser Menschen in der Kutte ist Individuum, das ganz genau sieht, was in dem Bruder neben ihm vorgeht. Auch beim Morgenlob in der kleinen Konventskapelle des Klosters tritt trotz des Schweigegebots die wortlose Kommunikation zwischen den Brüdern hervor. Hier habe ich zum ersten Mal bemerkt, dass es Bruder Gustav war, der mich beim Abt angezeigt hatte. Um sieben Uhr ist das gemeinsame Frühstück im Refektorium. Hier unterhalten sich die Mönche zum ersten Mal. Und es kommt zu Scherzen und Gedankenaustausch. Wir sprechen über Alltäglichkeiten und Banalitäten, natürlich nicht über Goethe und Charlotte von Stein. Wie weit der eine bei der Meditation fortgeschritten ist, wie sich der andere am Vorabend gefühlt hat. Von viertel vor acht bis zwölf gehen wir den verschiedenen Beschäftigungen nach. Ich arbeite in der Küche oder in der Ökonomie. Aber meine Wissenschaft treibt mich in die Bibliothek zu Goethe und Charlotte von Stein. Andere arbeiten als Organist, Elektriker, in der Verwaltung, als Obstbauer, Gärtner oder Seelsorger im Eifler Umfeld. Um 12.25 Uhr ertönt wieder die Glocke zum Mittagstisch im Refektorium. In der Mittagspause von 13.10 Uhr bis 14.30 Uhr unterhalte ich mich meistens mit Bruder Bernhard, der meine Liebe zur Literatur teilt. Meistens trinken wir hinterher noch zusammen einen Kaffee. Von 14.30 Uhr bis 18 Uhr habe ich dann Dienst in der Bibliothek. Mein Elysium! – Ich bin eigentlich dazu bestellt worden, Ordnung in die zweihundertsechzigtausend Bücher zu bringen. Aber mein innerer Sinn zieht mich immer wieder zu Goethe und Charlotte von Stein. Vielleicht ist es doch der Name meiner Mutter. Ich könnte wie Charlotte von Stein sagen: „Ob's Unrecht ist, was ich empfinde?" Denn an meiner Mutter habe ich sehr gehangen. – Ich erschrecke immer wieder, wenn es 18 Uhr läutet. Dann beginnt die heilige Messe in der Konventskapelle. Eine halbe Stunde später essen alle Mönche wieder im Refektorium. Anschließend beten wir die Vesper aus dem Stundenbuch. Danach ziehen wir uns in unsere Zellen zurück, um uns in der Stille und in der Gottsuche zu üben. Ich aber meditiere auch über die seltsame Mesalliance zwischen Goethe und seiner adligen Freundin. Ich weiß nicht, ob das Sünde ist. Aber ich bin mir ganz sicher, Goethe war ein Gottsucher wie ich. Vorrang hat für uns alle das zweckfreie Dasein vor Gott. Durch mein Nachdenken über Goethe trage ich zum zweckfreien Dasein vor Gott bei. Goethe war zwar kein

Heiliger, aber doch ein ebensolcher Ausnahmemensch wie manche vor ihm.

BEZIEHUNGEN

Das Leben hier im Kloster sagt mir ungemein zu. Die klösterliche Gemeinschaft, das Leben mit den Brüdern, das Schweigen. Meine Bindung an die Gemeinschaft ist eine innere Herzenseinkehr. Der Rhythmus der Gottsuche bestimmt den Tag und gibt ihm seine Werte. Wenn Goethe im Tagebuch schreibt: „Sehr gutes Gespräch über Leben und Kunst", dann ist das für mich auch Meditation, wenn auch keine Gottesmeditation. – Und Liebe zur Natur ist auch Liebe zu Gott. Oder: „Fest und ruhig in meinem Sinn." – Das hätte auch der heilige Benedikt schreiben können. Oder: „Gar schön ist der Feldbau, weil er alles so rein antwortet." Oder: „Wie eine Art von demütiger Selbstgefälligkeit durch alles geht, wonach ich damals strebte." – Er war, soweit es das Tagebuch ausweist, in jeder freien Minute mit Charlotte zusammen. Auch nachts. Was der heilige Augustinus dazu sagt, brauche ich hier nicht zu wiederholen. Aber jeder Bruder sollte das Leuchten Gottes erkennen und den anderen Brüdern helfen, die Lasten des Lebens zu tragen. Alles egomane Verhalten, alle Rivalität und Missgunst sollten vermieden werden. Gegen dieses Verbot habe ich mit meiner Goethe-Euphorie verstoßen. Aber nichts ist Gott lieber als ein reuiger

Sünder. Und wenn ich mein Werk zu Ende gebracht habe, werde ich Buße tun.

Ich muss wieder einmal zurückgehen, obwohl mir das eigentlich nicht ansteht. Es war ja in der Hofgesellschaft üblich, dass sich Paare und Ehepaare längere Zeit nicht sahen. Die vielen Hofgesellschaften, Redouten, Maskenbälle, Jagden, Besuche bei anderen Fürstentümern und so weiter. Stein und Goethe wähnten sich deshalb beide als Charlottes Ehemänner. Aber der Unglaube saß tief in Charlotte – zu Recht! Er konnte diesen Unglauben nur mit seinen täglichen Zettelchen besänftigen. Er wusste, er spielte auf Zeit! – Er dachte: Ich sag' dir doch nicht, was ich von dir denke! Du bist eiskalt! Du bist eine Pfauhenne! – Dein nüchternes, wissenschaftliches Wesen ist ein Fünftel von dir! – Sie war zu ihm eigentlich immer aufrichtig gewesen. Er dagegen dachte in Kategorien wie „Blut" und „Race". Ich bin ja auch Priester, und an einem Pfingstwochenende kam eine junge, verheiratete Belgierin zu mir in die Beichte und berichtete, dass sie gerade ein Wochenende mit einem anderen Mann an der Küste verbracht habe. Ich fragte sie, warum sie das getan habe, und sie sagte: „Was ich gehabt habe, habe ich gehabt!" – So dachte sie. Und was Goethe anbetrifft: Kein Mann auf der Welt kann einer Frau ins Gesicht sagen, dass er sie nicht mehr mag. Zwei Jahre Zeit in Italien dazwischen zu legen, war für Goethe die einzige Möglichkeit zur Trennung. Die Flucht nach Italien war auch ein Hilferuf. Einmal im Leben ruft jeder Mensch um Hilfe. Jeder auf seine besondere Weise. Was ein einzelner sich ausdenkt und apodiktisch vorträgt, wird oft zur Weltreligion. Jesus, Mohamed, das Buch Mormon, Tolstoi, Goethe. Und die Worte dieser

Großen führen immer zu einer Weltaufrührung. Aus Jesus, Mohamed und dem Buch Mormon wuchs jeweils eine neue Religion. Tolstoi war der eigentliche Motor der russischen Revolution. Und ich erinnere nur an Scientology von Ron Hubbard. Goethe und Charlotte von Stein haben sich gegenseitig gefördert. Das ist das Geheimnis ihrer Beziehung. Er brauchte sie, um sich die Umgangsformen und Geheimnisse des Hofes anzueignen. Sie ihn, um am Bildungswesen teilzuhaben. Vielleicht war es auch der Hunger nach einem berühmten Mann à la Alma Mahler oder George Sand. Sie gab ihr Inneres preis. Er pro forma mit den Wörtern der Empfindsamkeit! Sie wollte ja auch schreiben und freute sich auf „das schöne Geld", das es dabei zu verdienen gab. Ich musste Stein aushalten, dachte sie, er schwängert mich, weil er mich besitzt! Sie war auf der Suche nach einem anderen gewesen. Hatte sich mit Zimmermann darüber ausgesprochen. Der wusste jemanden. Den konnte sie gleichzeitig lieben und zähmen. Dass sie gezähmt wurde, das konnte sie, die Hunde- und Vogelliebhaberin, nicht ahnen. Vom Juni 1776, als er in seinem Tagebuch das Sonnensymbol für sie erfand, waren sie intim zusammen. Am 9. November 1777 notiert Goethes Tagebuch: „Ernstliches Gespräch über die Verhältnisse". Sie hatten sich also mit tiefer Einsicht über ihre Beziehung unterhalten. Ich habe mir in der Beichte anhören müssen, dass heute so was im Darkroom stattfindet. Am 13. November: „In Sonnes neuer Wohnung gekramt." – Wo blieb da Stein? – Und über einen solchen Spruch hätte sich auch der heilige Benedikt gefreut. Da steht im Tagebuch: „Immer fortwährende Freude an Wirtschaft, Ersparnis, Auskommen. Schöne Ruhe in meinem Hauswesen gegen vorigem Jahr. Bestimmtes Gefühl von Einschränkung, und dadurch der wahren Ausbreitung." – Der Eintrag ist vom Februar 1778. So könnte auch ein Mönch geschrieben haben. „Sie kommt mir immer liebenswürdig vor, obgleich fremder", stellt er am 9. Dezember 1778 fest. Die tausendachthundert Briefe empfinde ich langsam als Kolportage. Im Tagebuch vom 13. Januar steht: „Elender ist nichts als der behagliche Mensch ohne Arbeit." Die Tagebücher sind der einzige wirkliche Anhaltspunkt für Goethes Inneres.

WOLKEN

*E*s ist wirklich nicht so schwer, den archimedischen Punkt dieser Beziehung zu entdecken. Wenn Charlotte ihn nicht so sehr bewundert hätte, hätte er aufgehört zu schreiben. Sie war und blieb eine Frau. Und eine Frau dieser Zeit. Sie konnte nur durch Winke, Taktieren, Herzlichkeit, soweit ihr das möglich war, Intelligenz und Wissen, was für eine Frau damals ganz ungewöhnlich war, agieren. Dass sie unter Schmerzen Kinder gebären und den Begegnungen mit ihrem Mann Stand halten musste, hatte ihr ihre Mutter, die zu Charlottes bester Zeit noch lebte, eingegeben. Die hatte sich, in pietistischer Frömmigkeit mit vierzig Jahren dem Herrn übergeben und der Welt entsagt. Den Einfluss auf ihre Tochter kann man sich gar nicht groß genug vorstellen. Ihr Vater ließ sich mit siebzig die Stirnhaut unter der Perücke hochziehen, damit sein Gesicht faltenlos wirkte. – Die Briefe, die Charlotte an ihre Freundin schrieb, waren galant, voller Anspielung, ohne jedoch jemals den guten Ton zu verletzen: „Es scheint, Claudius hat dich mehr angezogen als Jacobi", schreibt sie an ihre Schwester am 7. Oktober 1784. Anziehung, körperliche, geistige, emotionale war also ein breites Thema zwischen Frauen, die sich gut kannten. Und da war Goethe noch ihr Freund.

Was tat ein Mann wie Stein, wenn sich so ein irrsinniger Fant, an die eigene Frau heranschob, mit der er elf Jahre verheiratet war? Der Abt meint, ich hätte einen Ödipus-Komplex, wenn ich mir über so etwas Gedanken mache. Aber von Freud hält er eigentlich genausowenig wie ich. Er sagt, Freud habe auch eine neue Religion gründen wollen. Aber eine Religion ohne Gott, und das sei Sünde. Sophokles und sein Ödipus gehörten dem vorchristlichen Zeitalter an, das in Vielgötterei gelebt habe und den Herrn allen Universums noch nicht entdeckt habe. Die Naturphilosophen seien damals die wirklichen Götter gewesen, nicht Zeus oder Hera. Als ich erwiderte, aus der platonischen Ideenlehre habe sich doch die christliche Zweiweltentheorie entwickelt, sagte er mir, ich solle Buße tun. Mit solchen Gedanken sei ich auf dem Weg in die Sünde. – Ich fragte mich selbst, ob ich im Kloster noch zu Hause sei. Aber ich bin mir ganz sicher: Ich bin es. Die Gedanken gelangen in den Kopf, und nicht alle Gedanken können vom Teufel sein. Aber der Versucher ist stark und tarnt sich. Auch böse Gedanken kommen in den Kopf. Wenn man nur die Gedankenwelt kontrollieren könnte. Es geht doch durch Buße, Schweigen, Meditation und tätige Arbeit. Und durch das tägliche Zusammensein mit den anderen Brüdern. Aber auch mit dem meditativen Wandeln durch dieses herrliche Kloster.

Der Löwenbrunnen, ich habe am Anfang schon von ihm gesprochen. Das geheimnisvolle Portal, das Paradies. Die hohe Wölbung. Die Schatten, die von rechts und links hereinfallen. Die romanischen Bögen, durch die man die helle Außentreppe sehen kann. Gerne ziehe ich mich mit den Bekenntnissen des heiligen Augustinus in die Einfriedung des Löwenbrunnens zurück und lese und meditiere. Die Touristen stören mich nicht, machen meistens einen leichten Bogen um mich. Wie dieser wunderbare Brunnen zwischen den Säulen in geheimnisvollem Licht erstrahlt. Das murmelnde Geplätscher des Springbrunnens schläfert einen ein. Der See mit seiner spiegelglatten Wasserfläche zieht mich auch an. Er stammt aus dem Grund unserer göttlichen Erdkugel, dreizehntausend Jahre alt. Die gegenüberliegenden Ufer bilden einen feinen, gefädelten Saum. Und der Wald schiebt sich bis zur Seekante. Die Wolken spiegeln sich im Wasser, als wären sie zweimal da. Das ist die große Güte unseres Herrgotts. Manchmal wandere ich die siebeneinhalb Kilometer um den See. Aber oft verdecken Bäume und Sträucher den schönen Blick. Aber die Waldwege sind schattig, und ab und zu lädt ein geteilter Baumstamm zum Sitzen ein. Die Felder korngrün und rapsgelb. Am meisten aber mag ich die Bibliothek, die mir so viel Glück beschert hat. Ende des 19. Jahrhunderts haben sie die Jesuiten nach einem Brand aufgebaut. Es ist eigentlich ein Hochhaus voller Bücher, die, bis zur Decke hochgetürmt, in hellen Holzregalen stehen. Dazwischen windet sich als Zugang eine gusseiserne Wendeltreppe zu den verschiedenen Ebenen hinauf. Es ist ein so schöner hölzerner Palast, dass ich mich jedes Mal auf meinen Nachmittag darin freue. Hier kann ich auch meinen Goethe-Forschungen nachgehen. Wenn ich nicht hier lese, nehme ich mir ein Buch mit in die Zelle und ich bin überzeugt, ich begehe keine Sünde, denn meine Vorliebe für Charlotte von Stein, keine körperliche Vorliebe, kommt ja von Gott. Das weiß ich.

HEIMSTATT

*M*aria Mauch! – Dieses wuchtige Kloster mit seinen sechs kompakten Türmen ist für mich der Inbegriff der Schönheit und der Heimstätte. Es atmet schon von außen den Geist des heiligen Benedikt. Manchmal kommt es mir vor wie eine Trutzburg. „Among the vulcanos" habe ich einen amerikanischen Touristen sagen hören. Etwas Schöneres gibt es in ganz Deutschland nicht. In Rheinland-Pfalz haben wir die Marksburg, Schloss Stolzenfels, die Loreley, den Binger Mäuseturm und zahlreiche andere magische Orte. Aber die Magie von Maria Mauch übersteigt alles. Schade, dass Goethe und Charlotte nie hierhergekommen sind. Hier hätten sie mehr über sich erfahren als in jedem Gespräch mit dem Seelenarzt Zimmermann. Der Abt hat Recht. Um mich von meinem traurigen Sujet abzulenken oder zu lösen, brauche ich Stille. Aber wenn ich die Stille suche, ist es in mir nicht still. „Tod und Leben stehen in der Macht der Zunge", heißt es in Sprüche 18, Vers 21. Benedikt hat ein ganzes Kapitel über die Schweigsamkeit geschrieben. Aber auch ein brüderliches, freundliches Wort kann inneren Frieden stiften. Jetzt weiß ich, warum ich suche. Meine Mutter fehlt mir. Sie war eine große Freundin der Stille, und bei einer Zigarette im Wohnzimmer oder einem Spaziergang bei vollem Mond, konnte sie vollkommen in sich gehen. Sie war Sternzeichen Löwe, und der Löwenbrunnen erinnert mich jedes Mal an ihren Geburtstag. Vielleicht ist das der wahre Grund, warum ich Mönch in Maria Mauch geworden bin. Schweigen ist die Ehrfurcht vor dem richtigen, aber auch gerechten Wort. „The lonely word" hat der Schriftsteller Edgar Allen Poe einmal gesagt. Und das wirkliche Schweigen spürt man erst unter den Mauern des Klosterfundaments, in der Krypta. Aber ein wenig alt kommt man sich dort doch vor. In dem unterirdischen Raum hat man Jahre hinter sich gelassen. Am schönsten ist es jedoch, wenn ich im Chor unter den Reihen der betenden Mönche sitze, die die Messe zelebrieren. Im Jahr 1695 hat der Abt Placidus Kessenich den Grabaltar des verstorbenen Pfalzgrafen in den Westchor bringen lassen. Das gemeinsame Gebet mit den anderen Mönchen hat mich schon immer fasziniert. Die modernen Strahler von der Decke in der alten Kirche lassen etwas von dem Licht Gottes erahnen. Die Mönche stehen mit gesenkten Köpfen und haben die Liturgie in den Händen. Das oben helle, unten hellbraune Licht lässt ans Jenseits denken. Das Chorgestühl und die bunten Glasfenster verstärken diesen Eindruck. Man sieht unter den Brüdern Jung und Alt, Greise und Novizen. Alle sammeln sich zu den festgelegten Stunden zum Gebet. Es ist ein Eindruck einmütiger Frömmigkeit und Konzentration auf Gott. Ich habe dafür gebetet, dass Gott mir meine Goethe-Verirrungen verzeiht. Die Abwege des Menschen sind groß, aber Gott ist gütig.

Nach der Messe geht es wieder in die Bibliothek, wo neue Bücher für mich angekommen sind. Warum hat Goethe sie eigentlich verlassen? – Und vorgespiegelt, es habe eine eigentliche Trennung nie gegeben. Ihre stumme Wut und ihr berechtigtes Ressentiment schob er auf ihren zu großen Kaffeekonsum. Etwas Dümmeres hätte er sich wohl kaum einfallen lassen können. Hier sieht man den anderen, vielleicht sogar den wirklichen Goethe, der zu der Zeit bereits mit seiner jungen Mätresse zusammenlebte. Aber die hat er dann ja auch im Jahr 1806 geheiratet, vor Gottes Angesicht in der Kirche. Goethe war so zwiespältig wie vielleicht alle Menschen. Wie vielleicht auch ich!

Was bringt einen Menschen überhaupt dazu, seine langjährige Partnerin, mit der er fast ehelich verbunden war, zu verlassen? Langeweile? – Aber die gab es zwischen Ihnen nicht, dazu war Charlotte viel zu geistreich und zu wissensdurstig! Der Drang nach einem eigenen Leben? – Denn Charlotte hatte die Zeit, die ihm vom Hofleben übrigblieb, völlig aufgesogen. Eine eigene Familie mit einer jüngeren Frau? Aber die wurde nach kurzer Zeit ja auch völlig zerrüttet. Hatte er das Gefühl, völlig seinem Talent leben zu müssen und alles andere, was ihn nicht vorwärtstrieb, zu vernachlässigen? Goethe war ein Ausnahmemensch, ein Grenzfall! – Dürfen solche Menschen alles? Alles mit anderen Menschen machen? – Ich schweige davon, was der heilige Benedikt dazu gesagt hätte. Aber Goethe hat sich ja an den Hof attachiert und sich dort wie ein Kuckuck eingenistet. – Zu seinem eigenen Vorteil. „Ein Titel muss sie erst vertraulich machen", heißt es im Faust. Er verriet sich durch Kleinigkeiten. – Und nach der Italienreise? – Die Beziehung zwischen ihm und Charlotte ist nie wieder wirklich herzlich geworden: „Gern hätte ich Ihnen, bester Geheimrat, einen Auftrag von der Herzogin heute früh mündlich dargelegt", heißt es am 7. August

1811. In dieser Tonlage sind aller beider Briefe gehalten. Meist unterschrieb sie mit „Ihre Verehrerin von Stein". Es muss sie viel Mühe gekostet haben, sich zu dieser Haltung durchzuringen. Ich will versuchen, eines der letzten Gespräche, das zwischen ihnen stattgefunden hat, zu rekonstruieren.

Sie: „Ich dachte damals, wir wären auf immer getrennt!"

Er: „Ich habe gerade an meine verstorbene Frau gedacht! – Und Sie leben noch immer."

Sie: „Wenn ich krank gewesen bin und voller Kummer, Sie haben nichts gemerkt!"

Er: „Ich habe nur nichts gesagt! – Ich habe alles bemerkt. Lesen Sie nur mein Tagebuch."

Sie: „Ich hätte in einer Anwandlung von Niedergeschlagenheit vielleicht einen Fehler begangen."

Er: „Ja so in etwa die Richtung hin zur Ewigkeit!"

Sie: „Bald werde ich dieses rätselhafte Dasein vollendet haben!"

Er: „Uns bleibt noch viel Zeit! – Die böhmischen Bäder allein!"

Sie: „Diese Selbstlügen finden sich bei allen Kindern so!"

Er: „Ich habe eine Freundin gehabt, von der die Welt noch erfahren wird."

Über seine letzte lebenslange Beziehung zu Christiane Vulpius ließe sich viel sagen. Er war an ein Naturwesen geraten (vielleicht ein wenig wie Charlotte), das er sich ausgesucht hatte und mit dem er fast dreißig Jahre zusammenblieb. Ein paar Briefzitate von ihr sollen die Beziehung charakterisieren:

Tröste dich ja über deine Gurken und sorge recht schön für alles.

Das kleine Stübchen habe ich mir auch recht artig rausgeputzt.

Ich befinde mich nicht besser als zu Hause, im Garten bei meinem Bübchen.

Ich liebe dich recht herzlich und einzig. Du glaubst nicht, wie sehr ich dich vermisse.

Nachmittags gehe ich zu Bohlen ins Konzert, wo es heute viele Äugelchen geben wird.

Das war also Christiane, auch mit einem literarischen Bruder, die bis zu der Beziehung mit Goethe in Bertuchs Blumenfabrik gearbeitet hatte. Eine Frau wie keine zweite. Dominant wie Charlotte, nur ihrem standeshöheren Herrn und Meister untertan. Und bis auf ein paar „Äugelchen" lebenslang treu. Ich hoffe, mein Abt nimmt mir meine sündige Hinwendung zu den Menschen des 18. Jahrhunderts, zu Goethe, Charlotte von Stein und Christiane nicht übel.

Nachwort

Das vorliegende Buch ist keine wissenschaftliche Arbeit. Es ist eine subjektive Auseinandersetzung mit Zahlen, Daten, Fakten, Quellen aus Goethes und Charlotte von Steins Leben. Es ist aber dennoch ein Versuch, der Essenz dieser rätselhaften Beziehung auf den Grund zu gehen. Die Augustinusparaphrase auf Seite 15 ist von Peter Sloterdijk. Der Tagebucheintrag auf Seite 31 verdankt sich der Empathie des Erzählers.

Jens Korbus
Charlotte
Books on Demand
2015
ISBN: 978-3738649390
48 Seiten
Preis 4,99 EUR

Goethe hat über seine Beziehung zu Charlotte von Stein zeit seines Lebens hartnäckig geschwiegen. In diesem fiktiven Gespräch mit Eckermann am 25.3.1825 spricht er zum ersten Mal darüber. – Dann kommt es zu einer Begegnung zwischen dem fünfundsiebzigjährigen Goethe und seiner dreiundachtzigjährigen Freundin.

Jens Korbus
Goethes schöne Mailänderin
Books on Demand
2016
ISBN: 978-3741241529
60 Seiten
Preis 5,99 EUR

Im Oktober 1787 lernte Goethe auf seiner Italienreise in Castel Gandolfo die schöne Mailänderin Maddalena Riggi kennen. Es entstand, bei Spiel und Englischlernen, eine „wechselseitige Gewogenheit". Maddalena war versprochen. Das Geschwätz machte Runde. Zwei Monate später löste der Bräutigam die Verlobung, und Maddalena wurde schwer krank. Im Februar 1788 begegnete Goethe ihr zufällig in der Kutsche Angelica Kauffmanns im römischen Karneval. Vor seiner Rückkehr nach Deutschland kam es noch einmal zu einer Begegnung. Eine Novelle um spontanes Aufflammen einer Liebesbeziehung, deren Zerstörung und einen Abschied zweier Menschen, die sich noch nahestanden.